Zur Autorin:

Inge Wittmann ist Jahrgang 1940 und wurde auf einem Bauernhof im Bayerischen Wald geboren. Sie musste als junge Frau den Dorfladen der Schwiegermutter ohne Ausbildung übernehmen. Diese holte sie neben der Familiengründung nach, während sie 12-Stunden-Tage im Laden verbrachte. Ihre Erzählung schildert Erlebnisse und Geschichten aus dem Alltag der 1960er bis 1980er Jahre.

Inge Wittmann hat 3 Söhne und 5 Enkel und lebt heute noch mit Ihrem Ehegatten im Bayerischen Wald.

Inge Wittmann

Im Tante-Emma-Laden

von und mit einer Tante Emma

Erzählung

Bibliografische Information der Deutschen
Nationalbibliothek:
Die Deutsche Nationalbibliothek verzeichnet diese
Publikation in der Deutschen Nationalbibliografie;
detaillierte bibliografische Daten sind im Internet über
http://dnb.dnb.de abrufbar.

Herstellung und Verlag: BoD – Books on Demand,
Norderstedt

ISBN: 978-3-7347-7091-3

Die Geschichten dieser Erzählung beruhen auf tatsächlichen Ereignissen.

Zum Schutz der Persönlichkeit beteiligter Personen wurden alle Namen geändert.

EINS

Ich wurde 1940 auf einem Bauernhof in einem kleinen Dorf im Bayerischen Wald geboren. Mein Vater war zu dieser Zeit schon bei der Wehrmacht, so dass meine Mutter und ich bei meinen Großeltern blieben. Mein Vater war Münchner und hatte zu dieser Zeit schon sein Maschinenbau-Studium abgeschlossen; er war ein sehr kluger Mann. Er ist leider bei der Invasion 1944 in Frankreich gefallen. Ich war schon zweimal an seinem Grab in der Normandie, Frankreich.

Bis zur Wiederverheiratung meiner Mutter im Jahre 1949 blieben wir bei den Großeltern.

Ich kann mich noch gut an einige Vorkommnisse aus dieser Zeit erinnern; wenn z.B. zu jemandem der „heilige Geist" kam. Dabei wurde einem bösartigen Mann bei Dunkelheit eine Pferdedecke übergeworfen und mit Lederriemen durchgeschlagen. Das war zwar Selbstjustiz und eigentlich verboten, aber sehr wirkungsvoll.

Als der alte „Luck" starb und auf Brettern aufgebahrt war, war es unter den Dorfkindern eine Mutprobe in die Kammer zu schleichen und ihm am großen Zeh zu ziehen.

Ich erinnere mich noch gerne an meine Großeltern. An meine Großmutter, die alles wusste und alles kannte und an meinen Großvater, der mich abgöttisch liebte.

ZWEI

Meine Mutter hat 1949 einen Metzgermeister geheiratet und wir zogen in einen Glasmacherort. Mein Stiefvater war ein guter Mensch. Wenn er auf mich angesprochen wurde, sagte er immer: „Sie stört mich nicht, sie ist das Kind eines Kameraden." Ich bekam keine Geschwister mehr.

Im Laufe der Jahre kamen immer wieder Männer vorbei, die sich bei ihm bedankt haben. Es waren Kameraden. Mein Stiefvater war ihr Koch gewesen und sie sagten: „Aus jedem Tier, das er erwischt hat, hat er für uns Suppe gekocht."

Nach der siebten Klasse der Volksschule ging ich in die Mittelschule der Englischen Fräulein (Maria-Ward-Schule). Das war schon zur damaligen Zeit eine gute Ausbildung. Ich habe die Schule mit einem sehr guten Zeugnis abgeschlossen und bekam einige gute Angebote in Behörden zu arbeiten und eine Ausbildung zu machen. Aber meine Mutter bestand darauf, dass ich zu Hause blieb und im Verkauf und im Haushalt arbeitete, ich war ja erst fünfzehneinhalb Jahre alt. Ich war die „Erste Fleischerei-Fachverkäuferin" (wie im Song von Michl Müller). Es hat mir jedoch keinen Spaß gemacht.

D R E I

Im Alter von 20 Jahren habe ich geheiratet und kam vom Regen in die Traufe. Ich übernahm ein kleines Lebensmittelgeschäft von der Stiefmutter meines Mannes, mit der Auflage eine lebenslange Rente an sie zu zahlen. Das bösartige an dem Vertrag war, dass sich die Zahlungen nach einem bestimmten Schlüssel erhöhten. In der katholischen Schule wurde mir beigebracht: So was tut man nicht, man hat Respekt und Taktgefühl. Aber dass man von den eigenen Angehörigen ausgenutzt werden kann, davor hat mich niemand gewarnt.

Ich habe 30 Jahre für diese Frau, die mir niemals geholfen hat, bezahlt, und zwar per Dauerauftrag bei der Bank. Das wurde später für mich noch sehr wichtig, weil mir „liebe Verwandte" unterstellt haben, ich hätte den Unterhalt nicht bezahlt.

Ich habe von meiner Schwiegermutter noch eine circa 40 Jahre alte, langjährige Angestellte übernommen. Als sie jung und leistungsfähig war, war sie bei meinen Schwiegereltern, als sie alt und krank war, war sie bei mir. Ich habe diese Frau aber dringend gebraucht, weil ich jetzt meine Kinder bekam.

Man muss sich so einen kleinen Lebensmittelladen nicht so vorstellen, dass da von sieben bis achtzehn Uhr dauernd Käufer kamen, sondern es gab gewisse Stoßzeiten und dann kam eine ganze Stunde niemand.

VIER

Zur damaligen Zeit -1960er Jahre- gab es noch keine Plastiktüten, aber verschiedene Waren mussten lose abgewogen werden; das ist zu vergleichen mit einem heutigen Unverpackt-Laden. Es gab Mehl, Zucker, Haselnüsse mit Lorbeerblatt (soll gegen Schädlinge helfen) als lose Ware; Öl, Essig und Milch ebenfalls. Die Milch wurde in großen Kannen direkt vom Bauern angeliefert und mit Messbechern in die mitgebrachten Milchkannen geschüttet. Öl und Essig wurden in die mitgebrachten Flaschen gefüllt. Auch Sauerkraut, Rübenkraut und Essiggurken wurden lose verkauft; Obst wurde in Papiertüten gegeben und Salat in Zeitungspapier gewickelt.

Freitags wurde eine große Dose Bratheringe, Bismarckheringe oder Rollmops, geöffnet und einzeln verkauft. Die Leute kamen mit einer Schüssel oder einem Teller zum Holen.

Da kam der Rudi von Gegenüber und fragte „Was kostet ein Brathering?" – „20 Pfennig" – „Und was kost' d'Soss?" – „Nichts" – „Dann", sagte der Rudi, „gibst mir lauter Soss". Er legte seine Rente lieber in Bier an.

Nach einigen Jahren hat mein Ehemann den Laden vergrößern lassen und ich bekam ein Kühlregal, eine Tiefkühltruhe und eine Milchtheke mit einer Milchmesspumpe.

FÜNF

Auf der anderen Seite der Straße waren mehrere Gebäude einer Baugenossenschaft. Das waren ca. acht Häuser mit je acht kleinen Wohnungen für Flüchtlinge. Es waren Frauen mit Kindern. Manche waren nur kurze Zeit da, bis anderenorts Angehörige gefunden wurden, zu denen sie dann zogen. Andere waren lebenslang da.

In einer dieser Wohnungen lebte eine alte Dame. Ihr Ehemann war Direktor eines großen Werkes in Pilsen gewesen, daher hatte sie eine sehr hohe Rente. Sie fuhr jedes Jahr zur Sommerfrische abwechselnd nach Bad Villach oder Bad Ragatz. Diese Dame war gebildet, aber recht vernünftig. Auch war sie gehbehindert und wenn sie darauf angesprochen wurde, warum sie nicht in ein Altersheim gehen möchte, sagte sie: „Was soll ich denn im Altersheim? Da sind ja nur alte Leute! Ich will ja auch noch ein Kind schreien und einen Hund bellen hören." Sie saß dann da und schaute den Kindern beim Spielen zu.

Einmal war eine große Aufregung um die alte Dame. Ihre Haushaltshilfe hatte sich die Teekanne vorgenommen und ausgiebig gesäubert. Das kam nicht gut an!

Ich musste der alten Dame immer eine bestimmte Sorte losen Schwarztee bestellen, den sie dann in einem Zeremoniell aufbrühte. Die Kanne durfte nicht gereinigt werden, nur heiß ausgespült!

Die alte Dame wurde 106 Jahre alt und war die letzten Jahre doch noch in einem Heim.

Ebenfalls in der Baugenossenschaft wohnte ein junges Paar mit einer kleinen Tochter. Ich hatte das Kind schon im Arm als sie noch ein kleines Baby war. Als sie dann im Kindergarten war, kam sie zur Ladentüre rein mit einem Keks in der Hand, ging durch den Laden in die angrenzende Wohnküche, dort wartete schon unser Dackel. Der bekam den Keks und ein paar Streicheleinheiten und dann gings ab in den Kindergarten.

Als die Familie nach ein paar Jahren in einen anderen Ort umzog, hat sich das Mädchen lautstark beschwert und wollte nicht in ein anderes Geschäft gehen. Ich hoffe und wünsche, dass es ihr gut geht.

SECHS

Wenn die Mütter ihre Kinder im Kindergarten abgegeben hatten, kamen sie noch zu mir in den Laden, um die restlichen Zutaten zum Kochen einzukaufen. Sie standen dann noch auf einen kleinen Ratsch zusammen. „Stellt euch vor", sagte da eine, „mein Mann möchte, dass ich die Pille nehme – wegen einmal im Monat." Großes Gelächter. Als der Ehemann einige Tage später zwei Flaschen Kola kaufte, sagte ich ganz nebenbei: „Soll die Liebe nochmal winken, musst du einen Rotwein trinken." Sonst sagte ich natürlich nichts.

Neben den Bettgeschichten, die natürlich sehr erheiternd waren, sprachen wir auch über

Kochrezepte. Einfache Rezepte, die schnell zubereitet waren und die die Kinder gerne aßen. Zum Beispiel in Anlehnung an „Toast Hawaii" gab es Fleischpflanzerl mit Ananas.

Beliebt war auch der Grießauflauf mit Baiserhaube. Dazu Früchte in eine Reine geben, ein dickes Grießmus ohne Zucker kochen, Butter und zwei Eidotter verrühren, darüber gießen und alles im Backrohr ca. 20 Minuten backen. Den Eischnee von den zwei Eiern mit 100 Gramm Zucker steif schlagen, einen Esslöffel gemahlene Haselnüsse darunterheben und überstreichen, kurz überbacken – fertig.

Jetzt noch eine Bettgeschichte: Elfi hatte ein blaues Auge. Eine der Frauen fragte sie: „Bist du gegen eine Tür geknallt?" Elfi kam aus Thüringen und sprach etwas anders. Sie erzählte dann das Missgeschick. Ihr Ehemann (er arbeitete in der Glasfabrik und da war es bekanntlich sehr heiß) lag auf dem Sofa im Wohnzimmer gerade beim Einschlafen da machte sie die Türe auf und fragte: „Hast du gepfiffen?" Er: „Hau ab." Sie ging wieder. Nach ca. einer viertel Stunde machte sie wieder die Türe auf, „aber jetzt hast du gepfiffen!" Er: „Lass mir meine Ruhe". Beim dritten Versuch ihrerseits hatte er den Pantoffel schon in der Hand und warf ihn nach ihr. Er traf sie so unglücklich am Auge, dass sie einen Bluterguss bekam.

SIEBEN

In der Baugenossenschaft wohnte eine etwas ungewöhnliche Familie. Vater und Mutter hießen Schreiner und die zwei gemeinsamen Kinder hatten einen anderen Nachnamen. Des Rätsels Lösung war: Die Frau war eine Kriegswitwe und lebte mit ihrem Schwager zusammen (deshalb derselbe Familienname); ganz einfach: sie wollte nicht auf die Rente verzichten. Das Gesetz schrieb damals jedoch vor, dass nichteheliche Kinder den Geburtsnamen der Mutter annehmen mussten und das war ja hier der Fall.

Die Kriegerwitwen waren für einige Ehefrauen ein Problem. Während die normalen Hausfrauen sich tagtäglich abmühten, mit wenig Geld die Kinder und den Ehemann zufrieden zu stellen, waren die Witwen relativ gut versorgt.

Waschmaschinen, Spülmaschinen oder sonstige Küchenmaschinen gab es noch nicht. Im Winter musste die Wäsche in der Küche getrocknet werden. Es war überhaupt nur ein Raum in der ganzen Wohnung mit einem Holzofen zu beheizen. Wenn dann der Ehemann gewaschen und gesalbt war ging er „strawanzen". Da reagierten die Ehefrauen dann unterschiedlich. Während die eine ganz froh war, wenn das rülpsende, schnarchende Wesen einige Zeit nicht anwesend war, waren andere besorgt, weil sie oft gar nicht wussten, wo sich ihre Männer aufhielten.

Als z.B. einer dieser Männer starb und die Ehefrau sehr trauerte sagte ihr eine Bekannte: „Jetzt übertreiben Sie nicht so, er hat Sie ja sowieso nach Strich und Faden betrogen." Da jammerte die Witwe: „Jetzt wo mein Mann tot ist, jetzt nehmen Sie ihm auch noch die Ehre." Ich persönlich hatte ihn auch des Öfteren gesehen, wenn er leicht gebückt im Halbdunkel über den Garten ins Nachbarhaus huschte.

ACHT

Der Frauenbund fuhr mit einem Bus zum Wallfahrtsort Lourdes in Frankreich. Auf der Fahrt schwärmte eine Teilnehmerin von dem guten Dijon-Senf, von dem sie einige Gläser kaufen wollte. Sie ging in ein Geschäft und als der Verkäufer auf sie zukam, fiel ihr das französische Wort für Senf nicht mehr ein. Sie stotterte etwas von „Wurschti" und „Senfti" und machte streichende Handbewegungen. Der Verkäufer sah ihr amüsiert zu und sagte in einer kurzen Pause ihres Redeschwalls: „Möchten Sie Senf kaufen?". Er sprach ziemlich gut deutsch.

Einmal fuhren Ilse und ihr Mann (ca. 15 Jahre verheiratet) mit einem Bus für eine Woche nach Südtirol im Urlaub zum „Törggelen". Die ersten Tage waren recht lustig, aber dann wurde Ilse krank. Ihr war so übel. Kommentar vom Ehemann: „Sauf nicht so viel." Sie hatte aber fast nichts getrunken. Daheim angekommen stellte der Arzt fest: sie war schwanger. Die Freude war riesig, nach 15 Jahren ein Baby. Es wurde ein gesundes Mädchen.

Merke: Bei Kinderwunsch – Urlaub in Südtirol.

Das Leben von Ilse ging fröhlich weiter. Sie war flink und fleißig und hat immer irgendjemandem geholfen. Dann folgte der Umzug in ein Vierparteienhaus. In dem Haus wohnten zwei Ehepaare, für die sie dann putzte und sie versorgte. Sie brauchte nicht mehr aus dem Haus zu gehen, um sich etwas zu verdienen. Sie hat regelmäßig Kuchen gebacken und die Herrschaften zum Kaffee eingeladen.

Mein Mann platzte einmal in so ein Treffen und erzählte, dass alle gut drauf waren und rote Bäckchen hatten. Es war wohl das eine oder andere Likörchen geflossen. So ging es über mehrere Jahre und alle waren glücklich.

Leider wurde der Ehemann des Paares, welches auf gleichem Stockwerk wohnte, dement. Es ging alles sehr schnell. Er erkannte seine Frau nicht mehr und hat sie weggestoßen „Geh du weg, du bist nicht mein Trudchen!". Es gab zur damaligen Zeit noch keine Pflegedienste. Aber Ilse war zur Stelle. Sie hat den Mann gefüttert, mit einem energischen „Mund auf" und er folgte gehorsam. Zum Abschluss bekam er noch ein Glas Bier und schlief selig ein. Das ging so ungefähr ein Jahr, bis der Mann verstarb.

Mehrere Jahre später: Ilses Tochter war verheiratet und mit ihrem ersten Kind schwanger. Zeitgleich wurde Ilse schwer krank und verstarb. Sie hat so gefleht und gebetet: „Lieber Gott ich möchte nur mein Enkelkind noch sehen." Sie durfte ihr Enkelkind nicht mehr sehen. 14 Tage nach ihrem Tod kam ein gesundes Mädchen zur Welt. Der Abschied von Ilse war sehr traurig.

NEUN

Eines Tages kam ein junger Mann in mein Geschäft und erzählte, dass er nach der Vertreibung aus der Tschechei schon in unserer Gegend gewesen sei. Man konnte zu dieser Zeit mit einem Tagesvisum wieder in die Tschechei fahren; das wollte er nutzen, um seine Heimat wieder zu sehen. Er erzählte von seiner Flucht. Sie waren neben den Eltern drei halbwüchsige Buben und eine kleine 2-jährige Schwester. Die kleine Schwester ist auf der Flucht verhungert und wurde heimlich an einer Kirchenmauer begraben, nachts natürlich. Dabei durften die drei Brüder sie jeder noch ein Stück tragen und sich von ihr verabschieden. Er wusste diese Stelle noch genau und wollte weiße Rosen dorthin legen, wo sie begraben war. Es war ja kein offizielles Grab. Als er das erzählte liefen ihm die Tränen über das Gesicht. Wir waren alle sehr ergriffen.

Viele Leute haben Entsetzliches mitgemacht. Viele Menschen mit solchen Schicksalen wohnten in der Baugenossenschaft, aber nur Einzelne haben davon etwas erzählt. Die meisten wollten es einfach ruhen lassen, aber man sah es ihnen an. Eine Frau z.B. war allein mit ihrer Tochter da. Sie war immer schwarz gekleidet und sehr traurig, suchte auch zu niemandem Kontakt.

Ende der 1960er Jahre sind dann einige inzwischen erwachsen gewordene Kinder fortgezogen, hauptsächlich in die Stuttgarter Gegend und nach Karlsruhe. Sie haben bei mir angerufen, um sich zu erkundigen, was die Mama macht und waren froh einen Ansprechpartner zu haben. Damals hatten ja nur wenige Leute ein Telefon.

Ich achtete schon darauf, dass diese Mütter Milch und Molkenprodukte, Obst und Gemüse kauften. Wenn sie aufhörten zu kochen und nur noch „süße Stückle" kauften, sah ich das als Erste und habe sie angeregt wieder einmal Suppenfleisch und Gemüse zu essen.

Im Laufe der Jahrzehnte wurde ich für viele Kundinnen zu einer Vertrauten. Ich hatte meinen Laden 30 Jahre, von den 1960er bis in die 1980er Jahre. Hauptsächlich ältere Kundinnen suchten mit mir ein Gespräch. Sie kamen oft mittags und hatten den ganzen Tag bis dahin noch mit niemandem gesprochen.

Eines nachmittags kam eine alte Kundin. Ihr Sohn war vor Kurzem verstorben und sie hatte ein kleines Häuschen, in dem sie im Erdgeschoss zwei kleine Zimmer bewohnte. In einem großen Zimmer, der Wohnküche, war die junge Familie untergebracht und im 1. Stock waren die Schlafzimmer der Familie. Das Häuschen war noch im Besitz der alten Dame, aber sie wollte das jetzt regeln. Dabei bedrängte sie ihre alleinstehende Schwiegertochter, ihr nach der Eigentumsübertragung das kostenlose Wohnrecht für die zwei kleinen Zimmer eintragen zu lassen. Das jüngste Kind ihres Sohnes ging damals noch nicht zur Schule und sie hörte ihre Schwiegertochter manchmal weinen. Ich sagte zu ihr: „Überlegen Sie, was würde ihr Sohn sagen? Würde der sagen: „Mama, mach ihr auch du noch das Leben schwer", oder würde er sagen, „Mama hilf ihr"? Sie hat das Häuschen ihrer Schwiegertochter überschreiben lassen – ohne Wenn und Aber.

Ich musste mit meiner Meinung immer sehr zurückhaltend sein, um mir keine Feinde zu machen.

ZEHN

Jetzt wieder einmal zu mir. Mein Ehemann, Jahrgang 1931, kam 1945 aus der Schule. Da konnte man nicht sagen: Ich möchte das oder das werden, sondern da hieß es: Der Nachbar ist Schreiner und da gehst du hin und machst eine Lehre. Das hat er dann gemacht und mit einer Gesellenprüfung abgeschlossen. Was meinen Sie, wie praktisch das ist, einen Handwerker im Haus zu haben.

Mein Arbeitstag begann jeden Tag um 6 Uhr. Um 7 Uhr habe ich das Geschäft aufgesperrt. Vor 7 Uhr wurden schon die Semmeln, Brot und die Bildzeitung angeliefert. Von 8 Uhr bis 11 Uhr kam eine liebe, grundehrliche Aushilfe, sodass ich Essen vorbereiten und auch einmal etwas außer Haus erledigen konnte.

Einmal wurde ich krank. Es ging mir sehr schlecht, ich war beim Arzt, der konnte aber nichts feststellen. Nach einigen Tagen kam eine Kundin in den Laden, sah mich an und stellte die Diagnose: „Sie haben Röteln." Wenn das heute der Fall wäre, würde das Geschäft gesperrt. Gott sei Dank habe ich niemanden angesteckt.

Es müssen die 1970er Jahre gewesen sein. Damals waren Pelzjäckchen sehr modern. Eine liebe Kundin erzählte mir, sie würde auch gerne so ein Jäckchen haben wollen. Sie war mit ihrem Mann übereingekommen, dass sie in einem Hotel als Zimmermädchen arbeiten würde. Sie arbeitete dort mehrere Jahre und der ganzen Familie und den Kindern konnten Wünsche erfüllt werden. Zuallererst natürlich ein Pelzjäckchen, das ja durchaus einige 100 DM gekostet hat. Sie war eine sehr hübsche junge Frau mit einer guten Figur, flott und fleißig bei der Arbeit. Da gab es natürlich Neider. Es waren solche, die noch nie in ihrem Leben gearbeitet haben, immer nur spazieren gingen und nachmittags mit Freundinnen Spiele spielten.

Ich hatte auch so ein Jäckchen. Ich bekam so alle zwei Jahre hochwertige Kleidung von einer Arztgattin aus dem Stuttgarter Raum. In der Hauptsache Pullover und Jacken. Die Röcke waren mir zu eng, nur Wickelröcke haben sich zu ändern geeignet, dann war es eben statt einem Wickel eine Falte.

Nachdem mein Mann noch einige Zeit als Schreiner gearbeitet hatte, wurde er Lastwagenfahrer und fuhr Obst und Gemüse in eine nahegelegene Fabrik. Er arbeitete auch noch in der Kfz-Werkstatt seines Vaters. Sein Traum allerdings war es Fahrlehrer zu sein. Als er das nötige Alter erreicht hatte, machte er diesen Schein. Im Sommer hatte er ausreichend Arbeit, aber in den damaligen schneereichen Wintern eher wenig. Die Kosten jedoch liefen weiter, z.B. Versicherungen, Mieten, etc. Im Winter hatte er Zeit das alte Haus, in dem wir wohnten auf Vordermann zu bringen. Er hat sein ganzes Leben lang immer aufgeräumt, ausgeräumt, ausgebessert und erneuert.

Wir haben drei Söhne, die im Laufgitter mit Kissen und Spielsachen, und im Schaukelstuhl in der Wohnküche aufgewachsen sind. Mit ca. fünf Jahren sind sie alleine ca. 200 m zum Kindergarten gegangen. Sie konnten auf dem Bürgersteig, ohne eine Straße zu überqueren dorthin laufen. Heute undenkbar; man hat eben mehr aufeinander Acht gegeben.

Alle drei waren gute Schüler und haben studiert. In dieser Zeit hatten wir noch immer die Unterhaltszahlungen an die Stiefmutter zu zahlen, so dass wir die Kinder nicht allzu sehr unterstützen konnten. Der Älteste (Maschinenbau) hat an der Universität als „HiWi" (Hilfswissenschaftler) und beim Auf- und Abbau verschiedener Messen gearbeitet. Der zweite (Forstwissenschaft) hat jedes Wochenende die Käferfallen von Rachel und Lusen geholt und neu bestückt. Außerdem hat er auch im Nationalpark Führungen gemacht.

Den Vogel abgeschossen hat allerdings unser Jüngster, der während seines Studiums (Mathe-Physik-Lehrer) in München einen Stadtbus gefahren hat.

Unsere Söhne unterstützen uns finanziell, da wir durch die hohen Unterhaltszahlungen, das

Studium unserer Söhne und die Renovierung von zwei alten Häusern nicht viel für die eigene Altersversorgung blieb. Was mich belastet, ist, dass das Geld an unsere Enkelkinder fehlt, sodass an diesen langen Zahlungen drei Generationen zu tragen haben. Mein Ehemann hat so viel in seinem Leben gearbeitet, wie selten ein Mensch.

ELF

Ich habe in meinem Leben viele ganz liebe
Menschen kennengelernt. Ich erinnere mich an
ein Ehepaar aus dem Ruhrgebiet, das in einem
Nachbarort Urlaub machte. Sie nahmen einen
kleinen vernachlässigten und kränklichen Buben für ein Jahr mit und - soweit ich weiß –
haben Sie ihn auch noch weiter versorgt.

Auch hatte ich Kundinnen, die mir dankbar
waren, weil ich ihnen in Notzeiten ange-
schrieben habe. „Wir hätten öfter nichts zu
essen gehabt, wenn Sie uns nicht geholfen
hätten.", sagten sie. Sie haben immer zu mir
gestanden und mich verteidigt. Es gab aber
auch die anderen, bei denen ich auf den For-
derungen sitzen blieb. Ich wusste von zwei

Frauen, die jedes Mal etwas in die Tasche gesteckt haben, ohne zu bezahlen. Ich war anfangs gerade erst 20 Jahre alt und habe mich geschämt etwas zu sagen. So ein kleiner Laden ist beileibe keine Goldgrube, sondern ein Pfenniggeschäft. Wenn man da etwas einsparen wollte, musste man alles selbst machen. Ich hadere schon seit Jahrzehnten mit dem Sprichwort „Tue niemandem etwas Gutes, dann hast du nichts Böses zu erwarten." Ist es nicht traurig, niemandem vertrauen zu können? Und dann denke ich an meine lieben Freundinnen, die alles für mich tun würden und mich immer verteidigen. Es gibt eben in jeder Generation und in jedem Land solche und solche. Ich bin überzeugt, dass das Sprichwort zurzeit nicht stimmt.

Eines Tages kam eine liebe Kundin mit verweinten Augen ins Geschäft. Sie erzählte mir folgendes: Wenn der Sohn Nachtschicht hatte, wurde die Schwiegertochter von einer Freundin abgeholt und sie fuhren zu Ü30-Partys. Vor einem halben Jahr war ein Enkelkind zur Welt gekommen. Man liest ja immer wieder in der Zeitung, dass jedes neunte Kind ein Kuckuckskind sei, und das bildete sich jetzt der Opa ein. Die Kleine lachte ihn an und wollte ihn anfassen, aber er mochte das nicht. „Bring das Kind nicht mehr ins Haus, ich will es nicht sehen", schimpfte er. Zur damaligen Zeit waren die ersten DNA-Auswertungen möglich, die Geschichte ist ja schon mehr als 30 Jahre her. Sie hat dann mit ihrem Arzt darüber gesprochen und es wurde der Schnuller vom Baby und Haare vom Sohn zur Bestimmung eingeschickt. Alles ohne Wissen des Sohnes und der Schwiegertochter, nur zur eigenen Erkenntnis für den Opa. Das Ergebnis war: Der Sohn ist zu 99,9% der Vater der Kleinen. Der Friede war wieder hergestellt und die Kleine der Liebling des Opas.

Ich habe lange überlegt, ob ich das schreiben sollte, aber nach 30 Jahren ist das kein Vertrauensbruch mehr.

Ich muss Ihnen noch das langjährige, erfolgreich angewendete Rezept einer Bierbowle aufschreiben:

Einen Teelöffel Zucker mit dem Saft von zwei Zitronen in einem Gefäß verrühren, bis der Zucker aufgelöst ist, drei Flaschen Weißbier dazu und eine Flasche Sekt mit einem Hauch Zimtpulver; an einem lauen Sommerabend trinken und genießen.

Sehr erfolgreich bin ich auch mit meiner Zwetschgenmarmelade, die ich auch unmittelbar bevor ich sie in die Gläser fülle mit Zimtpulver und Amaretto verfeinere.

Ein Renner ist auch mein Schokoladenguss: Dazu 100 Gramm Blockschokolade, 100 Gramm Puderzucker, zwei Esslöffel Milch im Wasserbad auflösen und glattrühren. 100 Gramm Butter (kalt) und ein Eigelb unterrühren. Auf einem Backblech einen fertig gebackenen Biskuitboden vorbereiten, mit Creme bestreichen, Früchte darauf verteilen (besonders beliebt sind Bananen) und mit dem Guss bestreichen. Diese Schnitten sind schnell zubereitet und sehr beliebt, auch bei meinen Enkeln.

ZWÖLF

Bis zur Wende gab es bei uns im Bayerischen Wald auf dem Land in jedem Haus so ein bis zwei Fremdenzimmer. In so einer kleinen Frühstückspension kam eine Anfrage aus Köln für einen Aufenthalt für ein Ehepaar mit zwei Kindern und Hund. Es verlief alles sehr harmonisch. Der Hund war überwiegend im Garten, wurde auch zu den Ausflügen nicht mitgenommen, es war auch kein anderer Hund im Haus. Dann kam der Abreisetag. Es wurde alles eingepackt, auch die ganzen Utensilien für den Hund, nur der war plötzlich nicht mehr da. Er hatte sich im Garten versteckt und sich mit allen vier Pfoten und Kratzen und Beißen gewehrt in das Auto zu steigen. Da das

Wirtspaar sowieso keinen Hund hatte und sie sich auch schon an ihn gewöhnt hatten, blieb er einfach da. Es gefiel ihm hier wohl viel besser als in Köln auf dem „Balkong".

Eine Bekannte aus Hannover erzählte mir folgende Geschichte: In Ihrer Nachbarschaft wohnte eine Frau mit ihrer Tochter. Die Tochter hatte einen Freund, mit dem die Mutter nicht einverstanden war. Im selben Haus wohnte ein anderer Mann, welcher der Mutter sehr willkommen gewesen wäre. Aber die Tochter wollte von ihm nichts wissen. Aus unerklärlichen Gründen ging ihr Liebster dann urplötzlich auf Distanz. Die Mutter bemühte sich umso mehr um ihren Favoriten. Sie lud ihn zum Kaffee ein und er verbrachte Stunden in ihrer Wohnung. Allmählich war die Tochter bereit sich auf ihn einzulassen und sie heirateten.

Als die Mutter nach vielen Jahren starb hat sie der Tochter gestanden, einen anonymen Brief an den ehemaligen Freund geschickt zu haben, in dem sie ihm schrieb ob er blöd sei und nicht merke, dass seine Freundin ihn betrüge. Er beobachtet daraufhin die Wohnung seiner Freundin und sah tatsächlich den anderen Mann aus- und eingehen; daraufhin löste er die Verbindung.

Die Tochter war bis dahin ahnungslos und nach dieser Nachricht tief traurig. Ihr ehemaliger Freund war so enttäuscht gewesen, dass er keine neue Verbindung eingegangen war und lebte alleine. Als sie nach dem Tod der Mutter zu ihm ging und alles geklärt war, zogen sie zusammen, was sie sowieso schon immer wollten. Übrig blieb ein trauriger Ex-Ehemann der durch die Bosheit einer alten Frau in diese Lage gekommen war.

Die Vermietung von Gästezimmern war für viele Häuslebauer eine willkommene Einnahmequelle. Jede Woche kam ein Bus hauptsächlich mit Berlinern. Sie blieben zwei Wochen und der Bus fuhr wöchentlich einen Teil der Leute wieder zurück. Sie kauften im Fabrikverkauf der Glasfabriken jede Menge Glas ein und alle waren zufrieden. Das änderte sich schlagartig nach der Wiedervereinigung. Die Menschen waren oft genug im Bayerischen Wald gewesen und fuhren nun lieber an die Ostsee. Hotels, die früher einen Wert von circa einer Million DM hatten, waren plötzlich fast nichts mehr wert. Auch kostete das böhmische Glas nur einen Teil dessen, was Glas aus dem Bayerischen Wald kostete. Dazu kam noch der Wandel im Geschmack der Käufer hin zu schlichten Gläsern, die auch billiger herzustellen sind (z.B. von IKEA). Alle Glasfabriken mussten die Produktion einstellen und in ganzen Dörfern gab es keine Arbeitsplätze mehr. Das betraf auch die Handwerksbetriebe. Traurig, traurig wie im Osten.

DREIZEHN

Unseren 50. Hochzeitstag haben wir in Bamberg gefeiert. Unsere Söhne waren zu diesem Treffen aus Mainz und Bad Aibling mit ihren Familien angereist. Wir haben mit dem Bamberger Nachtwächter eine Tour durch die Altstadt gemacht – herrlich.

Anderntags der Bamberger Dom mit dem Reiter und dem einzigen Papstgrab nördlich der Alpen – die Residenz von Otto von Griechenland. Brotzeit auf dem Teller, mit einem Ausflugsboot auf der Regnitz, vorbei an „Klein-Venedig" bis zur Mündung in den Main, im Rosengarten Rast machen – herrlich. Am Abend gab es immer ein gemütliches Beisammensein. Unsere fünf Enkelkinder haben unser Leben in Gedichtform vorgetragen. Sie standen da wie die Orgelpfeifen, der Jüngste ging noch nicht einmal zur Schule, hat seinen Part gemeistert. Gemeinsam hieß es dann zum Schluss:

Inzwischen sind wir Enkel hier
Und danken Euch vielmals dafür
Denn ohne Euch würd's uns nicht geben
Drum wünschen wir Euch Gottes Segen

Unseren 60. Hochzeitstag werden wir, so Gott will, in Regensburg feiern, wieder alle zusammen. Ich freu mich schon. Zum letzten Mal über die Steinerne Brücke gehen, in der „historischen Wurstkuchl" eine Bratwurst essen – angeblich die älteste Kantine der Welt, sie wurde zur Versorgung der Arbeiter von der Steinernen Brücke gegründet.

Im Dom ein „Vaterunser" beten, im Hutgeschäft am Dom einen Hut kaufen (zum Abdecken des immer spärlicheren Haarwuchses), das neue Museum anschauen, mit einem Stadtführer eine Tour durch die Altstadt machen, mit einem Schiff durch den Donaudurchbruch zum Kloster Weltenburg fahren, die Klosterkapelle der Gebrüder Asam anschauen, im Klosterhof eine Brotzeit mit Weltenburger Dunkel machen (Weltenburg, die älteste Klosterbrauerei der Welt), die Befreiungshalle Walhalla besuchen – herrlich.

Inzwischen haben wir es geschafft. Es waren drei herrliche Tage. Es war alles perfekt geplant. Wir besuchten sogar noch den Hundertwasserturm und das Museum der Brauerei in Abensberg.

Gott mit dir, du Land der Bayern